L'Enchanteur pourrissant

Guillaume Apollinaire

© 2025, Guillaume Apollinaire (domaine public)
Édition : BoD · Books on Demand, 31 avenue Saint-Rémy,
57600 Forbach, bod@bod.fr
Impression : Libri Plureos GmbH, Friedensallee 273,
22763 Hamburg (Allemagne)
ISBN : 978-2-3225-5113-2
Dépôt légal : Avril 2025

Bandeaux, lettrines et illustrations de L'enchanteur pourrissant.

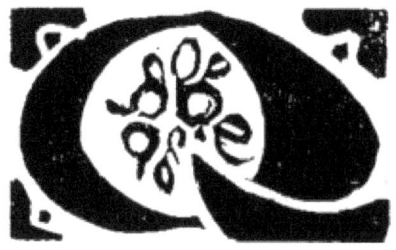

Bandeaux, lettrines et illustrations de L'enchanteur pourrissant.

Ue deviendra mon cœur parmi ceux qui s'entr'aiment ? Il y eut jadis une demoiselle de grande beauté, fille d'un pauvre vavasseur. La demoiselle était en âge de se marier, mais elle disait à son père et à sa mère qu'ils ne la mariassent pas et qu'elle était décidée à ne jamais voir d'homme, car son cœur ne le pourrait souffrir ni endurer. Le père et la mère essayèrent de la faire revenir sur sa décision, mais ils ne le purent en aucune manière. Elle leur dit que, si on la forçait à voir un homme, elle en mourrait aussitôt ou irait hors de son sens ; et sa mère lui ayant demandé privément, comme mère, si elle voulait toujours d'homme s'abstenir, elle répondit que non et que même, si elle pouvait avoir compagnie d'un homme qu'elle ne vît point, elle l'aimerait extrêmement. Le vavasseur et sa femme, qui n'avaient pas d'autre enfant qu'elle, et qui l'aimaient comme on doit aimer son seul enfant, ne voulurent pas risquer de la perdre. Ils souffrirent et attendirent, espérant qu'elle changerait d'avis. Au bout de quelque temps, le père mourut et, après son trépas, la mère supplia sa fille de prendre un mari, mais celle-ci ne voulut rien entendre. Sur ces entrefaites, il arriva qu'un diable se présenta à la demoiselle en son lit, par la nuit obscure. Il commença à la prier tout doucement et lui promit qu'elle ne le verrait jamais. Et elle lui demanda qui il était : « Je suis, fait-il, un homme venu d'une terre étrangère et, de même que vous ne pourriez voir d'homme, je ne pourrais voir de femme avec laquelle je couchasse. » La demoiselle le tâta et sentit qu'il avait le corps très bien fait. Et elle l'aima extrêmement, accomplit sa volonté et céla tout cela à sa mère et à autrui.

Quand elle eut mené cette vie l'espace d'un mois, elle devint grosse, et lorsqu'elle enfanta, tout le peuple s'émerveilla parce que du père on ne savait rien et elle ne voulait pas le dire. Cet enfant fut un fils et eut nom Merlin. Et quand il eut douze ans il fut mené à Uter Pandragon.

Après que le duc de Tintaguel fut mort par la trahison d'Uter Pandragon et de Merlin pour Egerver, la duchesse qu'Uter Pandragon aimait, Merlin s'en alla dans les forêts profondes, obscures et anciennes. Il fut de la nature de son père, car il était décevant et déloyal et sut autant qu'un cœur pourrait savoir de perversité. Il y avait dans la contrée une demoiselle de très grande beauté qui s'appelait Viviane ou Eviène. Merlin commença à l'aimer, et très souvent il venait là où elle était, et par jour et par nuit. La demoiselle, qui était sage et courtoise, se défendit longtemps et un jour elle le conjura de lui dire qui il était et il dit la vérité. La demoiselle lui promit de faire tout ce qu'il lui plairait, s'il lui enseignait auparavant une partie de son sens et de sa science. Et lui, qui tant l'aimait que mortel cœur ainsi ne pourrait plus aimer, promit de lui apprendre tout ce qu'elle demanderait : « Je veux, fait-elle, que vous m'enseigniez comment, en quelle manière et par quelles fortes paroles je pourrais fermer un lieu et enserrer qui je voudrais sans que nul ne pût entrer dans ce lieu ni en sortir. Et je veux aussi que vous m'enseigniez comment je pourrais faire dormir qui je voudrais. »

« Pourquoi, fit Merlin, voulez-vous savoir tout cela ? »

« Parce que, fit-elle, si mon père savait que vous eussiez couché avec moi il me tuerait sur l'heure et je serai certaine de lui quand je l'aurai fait dormir. Mais gardez-vous de me tromper touchant ce que je vous demande, car sachez qu'en ce cas vous n'auriez jamais ni mon amour ni ma compagnie. »

Merlin lui enseigne ce qu'elle lui demande et la demoiselle écrit les paroles qu'elle entend, dont elle se servait toutes les fois qu'il venait à elle. Et il s'endormait incontinent. De cette manière, elle le mena très longtemps et quand il la quittait, il pensait toujours avoir couché avec elle. Elle le décevait ainsi parce qu'il était mortel ; mais s'il eût été en tout un diable elle ne l'eût pu décevoir, car un diable ne peut dormir.

À la fin, elle sut par lui tant de merveilles qu'elle le fit entrer au

tombeau, dans la forêt profonde, obscure et périlleuse. Et celle

qui endormit si bien Merlin était la dame du lac où

elle vivait. Elle en sortait quand elle voulait

et y rentrait librement, joignant

les pieds et se lançant

dedans.

Bandeaux, lettrines et illustrations de L'enchanteur pourrissant.

Bandeaux, lettrines et illustrations de L'enchanteur pourrissant.

'Enchanteur était entré conscient dans la tombe et s'y était couché comme sont couchés les cadavres. La dame du lac avait laissé retomber la pierre, et voyant le sépulcre clos pour toujours, avait éclaté de rire. L'enchanteur mourut alors. Mais, comme il était immortel de nature et que sa mort provenait des incantations de la dame, l'âme de Merlin resta vivante en son cadavre. Dehors, assise sur la tombe, la dame du lac, que l'on appelle Viviane ou Eviène, riait, éveillant les échos de la forêt profonde et obscure. Lorsque sa joie fut calmée, la dame parla, se croyant seule : « Il est mort le vieux fils du diable. J'ai enchanté l'enchanteur décevant et déloyal que protégeaient les serpents, les hydres, les crapauds, parce que je suis jeune et belle, parce que j'ai été décevante et déloyale, parce que je sais charmer les serpents, parce que les hydres et les crapauds m'aiment aussi. Je suis lasse d'un tel travail. Le printemps commence aujourd'hui, le bon printemps fleurissant que je déteste ; mais il passera vite, ce printemps parfumé qui m'enchante. Les buissons d'aubépine défleuriront. Je ne danserai plus, sinon la danse involontaire des petits flots à la fleur du lac. Mais, quel malheur ! Aux retours inévitables du printemps, les buissons d'aubépine refleuriront. J'en serai quitte pour ne point sortir de mon beau palais plein de lueurs de gemmes, au fond du lac, pendant chaque printemps. Et quel malheur ! La danse involontaire des petits flots à fleur du lac est aussi une danse inévitable. J'ai enchanté le vieil enchanteur décevant et déloyal et voici que les printemps inévitables et la danse inévitable des petits flots me soumettront et m'enchanteront, moi, l'enchanteresse. Ainsi tout est juste dans l'univers : le vieil enchanteur décevant et déloyal est mort et quand je serai vieille, le printemps et la danse des petits flots me feront mourir. »

Or, l'enchanteur était étendu mort dans le sépulcre, mais son âme était vivante et la voix de son âme se fit entendre : « Dame, pourquoi avez-vous fait ceci ? » La dame tressaillit, car c'était bien la voix de l'enchanteur qui sortait de la tombe, mais inouïe. Comme elle ne savait pas, la dame crut qu'il n'était pas encore mort et frappant de sa main la pierre tiède sur laquelle elle était assise, elle s'écria : « Merlin, ne bouge plus, tu es entré vivant dans le tombeau, mais tu vas mourir et déjà tu es enterré. » Merlin sourit en son âme et dit doucement : « Je suis mort ! Va-t-en, à cette heure, car ton rôle est fini, tu as bien dansé. »

À ce moment seulement, au son de la véritable voix inouïe de l'âme de l'enchanteur, la dame sentit la lassitude de la danse. Elle s'étira, puis essuya son front mouillé de sueur, et ce geste fit choir sur la tombe de l'enchanteur une couronne d'aubépine. De nouveau, la dame lasse éclata de rire et répondit ainsi aux paroles de Merlin : « Je suis belle comme le jardin d'avril, comme la forêt de juin, comme le verger d'octobre, comme la plaine de janvier. » S'étant dévêtue alors la dame s'admira. Elle était comme le jardin d'avril, où poussent par places les toisons de persil et de fenouil, comme la forêt de juin, chevelue et lyrique, comme le verger d'octobre, plein de fruits mûrs, ronds et appétissants, comme la plaine de janvier, blanche et froide.

L'enchanteur se taisant, la dame pensa : « Il est mort. Je veillerai quelque temps sur cette tombe, puis je m'en irai dans mon beau palais plein de lueurs de gemmes, au fond du lac. » Elle se vêtit, puis s'assit de nouveau sur la pierre du sépulcre et, la sentant froide, s'écria : « Enchanteur, certainement tu es mort puisque la pierre de ta tombe l'atteste. » Elle eut la même joie que si elle avait touché le cadavre lui-même et ajouta : « Tu es mort, la pierre l'atteste, ton cadavre est déjà glacé et bientôt tu pourriras. » Ensuite, assise sur la tombe, elle se tut, écoutant les rumeurs de la forêt profonde et obscure.

On entendait encore, parfois, au loin le son triste du cor de Gauvain, qui seul au monde avait pu savoir où était Merlin. Le chevalier aux Demoiselles avait tout deviné, et maintenant, s'en allait cornant pour susciter l'aventure. Or, le soleil se couchait et Gauvain au loin disparaissait avec lui. Gauvain et le soleil déclinaient à cause de la rotondité de la terre, le chevalier devant l'astre et tous deux confondus, tant ils étaient lointains et de pareille destinée.

La forêt était pleine de cris rauques, de froissements d'ailes et de chants. Des vols irréels passaient au-dessus de la tombe de l'enchanteur mort et qui se taisait. La dame du lac écoutait ces bruits, immobile et souriante. Près du tombeau, des couvées serpentines rampaient, des fées erraient çà et là avec des démons biscornus et des sorcières venimeuses.

LES SERPENTS

Nous avons sifflé le mieux que nous ayons pu et le sifflement, c'est le meilleur appel. Il n'a jamais répondu celui qui est de notre race, que nous aimons et qui ne peut pas mourir. Nous avons rampé et qui ne sait que ceux qui rampent entrent partout. Les plus étroites fentes sont pour ceux-là comme un portail, surtout si comme nous, ils sont souples, minces et glissants. Nous n'avons pu le retrouver celui qui est de notre race, que nous aimons et qui ne peut pas mourir.

LES TROUPES BISCORNUES

Oh ! les sottes saucisses qui se promènent, que dites-vous de la race de Merlin ? Il n'était pas tout à fait terrestre comme vous, avec qui il n'avait rien de commun. Son origine était céleste, puisque nous, les diables, nous venons du ciel.

LES SERPENTS

Sifflons, sifflons ! Nous n'avons pas à discuter avec vous, qui n'existez pas, les diables, mais en passant, nous vous disons volontiers que nous connaissons le paradis terrestre. Allons plus loin ; sifflons, sifflons !

LES CRAPAUDS

Que s'élève aussi notre appel mélancolique ! Car nous voulons retrouver Merlin nous aussi. Il nous aime et nous l'aimons. Nous assistions à d'étranges cérémonies où nous jouions notre rôle. Sautons, cherchons. Merlin aimait ce qui est beau et c'est un goût périlleux. Mais nous ne saurions le lui reprocher : nous aimons, comme lui, la beauté.

LES DEUX DRUIDES

Nous le cherchons aussi, car il connaissait notre science. Il savait que pour conjurer la soif, il n'est rien de mieux que de garder dans la bouche une feuille de gui. Il portait la robe blanche comme nous, mais, à la vérité, la nôtre est rouge du sang d'humaines victimes et brûlée, par endroits. Il avait une harpe harmonieuse, que nous avons trouvée, les cordes rompues, sous un buisson d'aubépine, là-bas. Serait-il mort ? Nous avions des pouvoirs autrefois, lorsque, nombreux, nous étions réunis en collèges. Mais en ce temps, nous sommes presque toujours seuls. Que pouvons-nous faire d'autre que de très loin converser ? Car les vents nous obéissent encore et portent les sons de nos harpes. Mais Lugu nous protège, le dieu terrible : voici son corbeau qui vole en croassant et cherche comme nous cherchons.

Or, le crépuscule était venu dans la forêt profonde et plus obscure. Un corbeau croassant, se posait, près de la dame immobile, sur la tombe de l'enchanteur.

LES DRUIDES

Il a disparu le corbeau du dieu Lugu. Cherchons l'enchanteur. Si nous avions le temps, nous célébrerions, en strophes difficiles, son destin, aux échos de la forêt résonnante. Mais, puisque nous ne le trouvons pas celui qui est vêtu d'une tunique semblable à la nôtre, profitons de ce que nous sommes réunis pour nous parler à cœur ouvert.

LE CORBEAU

L'une est vive, l'autre est mort. Mon bec ne peut percer la pierre, mais tout de même je sens une bonne odeur de cadavre. Tant pis, tout sera pour les vers patients. Ils sont bien méchants ceux qui fabriquent des tombes. Ils nous privent de notre nourriture et les cadavres leur sont inutiles. Attendrai-je que celle-ci meure ? Non, j'aurais le temps de mourir moi-même de faim et ma couvée attend la becquée. Je sais où est Merlin, mais je n'en veux plus. Aux portes des villes meurent des enchanteurs que personne n'enterre. Leurs yeux sont bons, et je cherche aussi les cadavres des bons animaux ; mais le métier est difficile, car les vautours sont plus forts, les horribles qui ne rient jamais et qui sont si sots que je n'en ai jamais entendu un seul prononcer une parole. Tandis que nous, les bons vivants, que l'on nous capture, pourvu que l'on nous nourrisse bien, et nous apprenons volontiers à parler, même en latin.

Il s'envola en croassant.

LE PREMIER DRUIDE

Que fais-tu seul dans la montagne, à l'ombre des chênes sacrés ?

LE DEUXIÈME DRUIDE

Chaque nuit, j'aiguise ma faucille, et lorsque la lune lui ressemble, tournée vers la gauche, j'exécute ce qui est prescrit. Un roi vint, il y a peu de jours, me demander s'il pourrait épouser sa fille dont il était amoureux. Je me suis rendu en son palais pour voir pleurer la princesse, et j'ai dissipé les scrupules du vieux roi. Et toi-même, que fais-tu ?

LE PREMIER DRUIDE

Je regarde la mer. J'apprends à redevenir poisson. J'avais dans ma demeure quelques prêtresses. Je les ai chassées : quoique vierges, elles étaient blessées. Le sang des femmes corrompait l'air dans ma demeure.

LE DEUXIÈME DRUIDE

Tu es trop pur, tu mourras avant moi.

LE PREMIER DRUIDE

Tu n'en sais rien. Mais ne perdons point de temps. Les voleurs, les prêtresses ou même les poissons pourraient prendre notre place et que deviendrions-nous alors ? Soyons terribles et l'univers nous obéira.

La fée Morgane, amie de Merlin, arriva à ce moment dans la forêt. Elle était vieille et laide.

MORGANE

Merlin, Merlin ! Je t'ai tant cherché ! Un charme te tient-il sous l'aubépine en fleur ?... Mon amitié est vive encore, malgré l'absence. J'ai laissé mon castel Sans-Retour, sur le mont Gibel. J'ai laissé les jeunes gens que j'aime et qui m'aiment de force, au castel Sans Retour, tandis qu'ils aiment de nature, les dames errant dans les vergers, et même les antiques naïades. Je les aime pour leur braguette, hélas ! trop souvent rembourrée et j'aime aussi les antiques cyclopes malgré leur mauvais œil. Quant à Vulcain, le cocu boiteux m'effraye tant que de le voir, je pette comme le bois sec dans le feu. Merlin ! Merlin ! Je ne suis pas seule à le chercher. Tout s'émeut. Voici deux druides qui veulent un signe de sa mort. Qu'ils soient heureux, je vais les contenter pour qu'ils s'en aillent en paix bien qu'abusés.

Bandeaux, lettrines et illustrations de L'enchanteur pourrissant.

Elle fit le geste logique qui déploie le mirage. Aux yeux des druides, satisfaits d'eux-mêmes, apparut le lac Lomond, avec les trois cent soixante îlots. Au bord de l'eau, des bardes se promenaient en troupes et tiraient des sons lamentables de leurs petites harpes en chantant sans en comprendre le sens, les vers appris par cœur. Tout à coup, sur chaque îlot rocheux, s'abattait un aigle, puis les aigles s'élevaient et, s'étant réunis, s'envolaient ensemble. Alors le mirage s'évanouit. Les druides s'embrassèrent en se félicitant de leur puissance clairvoyante et chantèrent pendant que la fée luxurieuse riait de leur crédulité.

LE CHANT DES DRUIDES

Hésus et Taranis la femelle
L'annoncent par un vol aquilin :
La dame au corsage qui pommelle
A fait mourir, aujourd'hui, Merlin.

Teutatès aime l'aigle qui plane
Et qui veut le soleil enchanter.
Je préfère un corbeau sur un crâne,
Quand l'oiseau veut l'œil désorbiter.

Ô corbeau qui disparus à droite
Sur un froid menhir t'es-tu perché ?
Ou, pourrissant dans sa fosse étroite,
Trouvas-tu le cadavre cherché ?

Nous nous en irons vers nos demeures,
L'un vers la mer, l'autre vers les monts,
Frère, parle avant que tu ne meures.
Merlin est mort, mais nous nous aimons.

Les druides se séparèrent ; Morgane appelait Merlin et celui-ci qui était mort, mais dont l'âme était vivante, eut pitié de son amie. Il parla, mais la dame du lac, immobile sur la tombe, ne l'entendit pas.

LA VOIX DE L'ENCHANTEUR MORT

Je suis mort et froid. Mais tes mirages ne sont pas inutiles aux cadavres ; je te prie d'en laisser une bonne provision près de ma tombe à la disposition de ma voix. Qu'il y en ait de toutes sortes : de toute heure, de toute saison, de toute couleur et de toute grandeur. Retourne au castel Sans-Retour, sur le mont Gibel. Adieu ! Amuse-toi bien, et proclame ma renommée lorsque sur leurs vaisseaux les navigateurs passeront le détroit. Proclame ma renommée, car tu sais que je fus un enchanteur prophétique. De longtemps, la terre ne portera plus d'enchanteurs, mais les temps des enchanteurs reviendront.

Morgane entendit les paroles de Merlin. Elle n'osa répondre et posa près de la tombe, sans être vue par la dame du lac, une provision de mirages. Ensuite elle retourna sur le mont Gibel, dans son castel Sans-Retour.

LA DÉCLAMATION DU PREMIER DRUIDE
très loin, au bord de l'Océan

Selon la harpe consciente, je dirai
Pourquoi créant, ma triade, tu gesticules
Et si le froid menhir est un dieu figuré,
Le dieu galant qui procréa sans testicules.

Onde douce comme les vaches, j'ai langui
Loin de la mer. Voici le golfe aux embouchures
Et les chênes sacrés qui supportent le gui ;
    Trois femmes sur la rive qui appellent les parjures.

Au large, les marins font des signes de croix.
Ces baptisés, pareils à des essaims sans ruches,
    Nageurs près de mourir, folles ! devant vous trois,
    Ressembleront bientôt au svastica des cruches.

Alors, les ténèbres envahirent la forêt profonde et plus obscure. Mais, hors de la forêt, la nuit était claire et étoilée. Le deuxième druide allait vers la montagne, à l'est. À mesure qu'il la gravissait, il apercevait au loin, une ville ronde et lumineuse. Puis, un aigle s'éleva du sommet du mont et plana, fixant la ville ardente. Une corde de la harpe du druide se rompit et c'était le signe qu'un dieu mourait.

Beaucoup d'aigles joignirent celui qui planait et, comme lui, fixèrent la ville lointaine et lumineuse.

LA DÉCLAMATION DU DEUXIÈME DRUIDE,
très loin, à mi-côte de la montagne,
dans un sentier périlleux.

Ils laissent en mourant, des divinités fausses
Et d'eux ne reste au ciel qu'une étoile de plomb.
Les lions de Moriane ont rugi dans leurs fosses,
Les aigles de leur bec ont troué l'aquilon.

Et voyant, loin, la ville en hachis de lumière,
Croyant voir, sur le sol, un soleil écrasé,
Éblouis, ont baissé leur seconde paupière ;
Ah ! détruis, vrai soleil, ce qui fut embrasé.

Dans la forêt, des êtres cherchaient encore Merlin. On entendait un son aigu et harmonieux et le dieu Pan jouant de la flûte qu'il a inventée arriva, menant un troupeau de jolis sphinx.

LE TROUPEAU DE SPHINX

La nuit de cette forêt, c'est quasi l'ombre cimmérienne. Nous cherchons, nous, poseurs d'énigmes. Nous sourions.

Un demande forcément à se réjouir en deux, évidemment cela fait trois. Devine, berger !

QUELQUES SPHINX

Quand c'est tombé il n'y a plus rien à faire. On ne peut ni jouir ni souffrir. Devine, berger !

LES SPHINX

Dès que cela a été blessé, cela a vraiment faim. Devine, berger !

LE TROUPEAU DE SPHINX

Qu'est-ce qui peut mourir ? Devine, berger, afin que nous ayons le droit de mourir volontairement.

Ils s'en allèrent.

UN HIBOU,
dans le creux d'un arbre.

À la vérité, je reconnais ce troupeau. Il n'est pas de notre temps. Il doit préférer les bois d'oliviers où moi-même j'ai vécu longtemps, vénéré de tous. Ma sagesse était alors donnée en exemple ; on me figurait sur les pièces de monnaie. Je suis heureux d'y voir clair la nuit, je reconnais de vieilles choses comme font les antiquaires. Mais, je suis content aussi de n'être pas sourd ; j'ai entendu les énigmes admirables de ce troupeau qui est toujours sur le point de mourir.

Arriva un monstre qui avait la tête d'un chat, les pieds d'un dragon, le corps d'un cheval et la queue d'un lion.

LE MONSTRE CHAPALU

Je l'ai vu une fois et ne m'étonnerais pas s'il était mort. Il était bien vieux. Je le cherche parce qu'il était savant et aurait su me rendre prolifique. Pourtant je vis heureux, tout seul. Je miaule. Tant mieux s'il vient, croyant que je veuille le prendre en croupe. S'il est mort, tant pis, je m'en bats les flancs.

LES CHAUVES-SOURIS,
volant lourdement

Foin des enchanteurs ! Ils se font trop de mauvais sang… Nous cherchons des gastronomes apoplectiques. Mais il en vient rarement dans la forêt. Nous sommes si douces, aux suçons si voluptueux et nous nous aimons. Nous sommes prédestinées, angéliques et amoureuses. Qui ne nous aimerait ? Ce qui nous cause du tort ce sont les sangsues et les moustiques des étangs. Nous nous aimons et rien n'est si édifiant que de nous voir accouplées, les soirs de lune, nous, les vrais exemples de l'homme parfait.

LES GUIVRES
aux belles lèvres, au corps squameux, se tordant sur le sol en mille replis.

Nous sommes plus nombreuses qu'on ne pense. Nous voudrions le baiser sur nos lèvres, nos belles lèvres. Enchanteur, enchanteur nous t'aimons, toi qui nous donnas le si bel espoir qui, sans doute, un jour, sera la réalité. Avant la ménopause, s'entend, car il nous serait inutile, après, d'avoir la bouche en cœur, à nous qui sommes des bêtes, sauf le baptême. Malgré ce bel espoir, nous nous mordons les lèvres, nos belles lèvres, souvent en nos gîtes accessibles.

LES GRENOUILLES

Nous ne savons pourquoi, mais nous qui sommes royales sans chanter comme des reines, nous assistons aux sabbats inutiles. On nous poursuit commes des reines veuves, Ô femmes attendrissantes ! Ô femmes !

Bandeaux, lettrines et illustrations de L'enchanteur pourrissant.

LES LÉZARDS
à peine éveillés

Malheur des nuits. Froidure des nuits de printemps, mais le soleil se promet d'être ardent demain.

LA VIEILLE GUIVRE
avec son guivret

Sécheresse des lèvres fanées. C'est fini, c'est fini, enchanteur, mes lèvres sont fanées.

LES GUIVRES

Nous voudrions le baiser sur nos lèvres que nous léchons pour les faire paraître plus rouges. Enchanteur, enchanteur, nous t'aimons. Ah ! si l'espoir s'accomplissait ! Avant la ménopause, s'entend, car il nous serait inutile d'avoir la bouche en cœur, après, à nous qui ne sommes que des bêtes, sauf le baptême et qui, malgré le bel espoir, nous mordons les lèvres, nos belles lèvres, souvent, en nos gîtes accessibles ; car nous sommes, hélas ! vouées à l'insomnie.

LE HIBOU
immobile

Celles-ci sont contemporaines, tandis que celle qui vient est antique. Elle est lamentable et ne pense pas du tout à l'enchanteur. Sa douleur est intime. Sa taille est gigantesque. Elle porte des brûlures par endroit à cause du feu céleste. Elle ulule, et je suis fière qu'une si belle personne m'imite. Oh ! Oh ! Elle a été mère plusieurs fois à ce que je vois.

COUVÉE DE SERPENTS
à la lisière de la forêt

Qui donc ulule si lamentablement. Ce n'est pas un oiseau nocturne. La voix est plus qu'humaine. Mais quoi ! nous nous sommes dressés et nous avons regardé en l'air en sifflant. Si cette troupe biscornue pouvait interroger la femme qui ulule, celle-ci attesterait certainement notre origine paradisiaque. Nous l'avons vue celle qui ulule, elle était dans le paradis terrestre en même temps que nous-mêmes. Sifflons, cherchons celui que nous aimons, qui est de notre race et qui ne peut pas mourir.

LILITH
ululant au-dessus de la forêt, très haut

Mes enfants sont pour moi, première mère, mes enfants sont pour moi. Hélas ! Ô fuite ! Ô méchanceté des hiérarchies ! Ô fuite ! hélas ! J'ai oublié le nom des anges qui m'ont poursuivie. Hélas ! Comme la mer rouge est lointaine !

UN ABBÉ,
cessant d'écrire dans sa cellule

Lilith clame, comme un animal dans la plaine. Mon âme s'effraye, car Satan a le droit d'effrayer les choses imparfaites. Mais faites. Seigneur, que je dispose encore, bien que je sois vieux, d'une portioncule de vie suffisante à l'achèvement de mon histoire du monde. Éloignez, Seigneur, les cris lamentables de cette réprouvée. Ses clameurs troublent ma solitude. Seigneur, et ce sont en effet des cris de femme. Éloignez les cris de femme, Seigneur ! Bénissez mes travaux et acceptez les gerbes de la moisson de ma vieillesse. Ô Seigneur, ma blanche vieillesse, blanche comme un sépulcre blanchi, ma pauvre vieillesse chancelante est trop calme d'être certaine de vous aimer. Remplissez-moi d'une volonté d'amour inapaisé. Détournez vos yeux de votre serviteur, Seigneur, si dans sa prudence mauvaise il prend garde aux précipices. Les précipices, à la vérité, ne sont point faits pour qu'on s'en détourne, mais peur qu'on les franchisse d'un bond. Mais, faites. Seigneur, que je n'entende plus les cris de la maternelle et gigantesque réprouvée, car mon âme s'effraye trop de les ouïr. Mon âme ne peut rien pour la maudite, pour la mère, puisqu'elle est réprouvée. Bénissez-moi, Seigneur, car je n'ai pas prié pour celle qui clame comme un animal, dans le désert, la mère et la maudite. Mais, du moins, par cette gerbe de la moisson de ma vieillesse, éloignez vos anges de cette mère, éloignez vos bons anges de cette mère, ô Seigneur, ô Seigneur, parce qu'elle est mère. Seigneur, Seigneur, par la mer rouge que, depuis sa fuite à ne pouvoir mourir, vous avez ouverte à la lumière du soleil de vos deux et au peuple de votre élection. Ainsi-soit-il.

Lilith cessa d'ululer et s'enfuit. Tous les enfants moururent, cette nuit, dans la contrée. Les serpents chercheurs sifflèrent plaintivement dans la forêt profonde et obscure.

LA COUVÉE DE SERPENTS

Hélas ! Cette mère s'est enfuie plutôt que d'attester la vérité. Ainsi disparaît ce témoin de notre origine paradisiaque. À la vérité, nous venons du paradis terrestre et de notre corps entier nous touchons notre terre. Sifflons et cherchons le paradis sur la terre, car il existe et nous l'avons connu. Et cherchons aussi en sifflant celui que nous aimons, qui est de notre race et qui ne peut pas mourir.

LE HIBOU
dans l'arbre

Je sens ma vieillesse plus lourde et plus triste maintenant que s'est tue celle qui ululait aussi bien que moi-même. Peut-être est-elle à cette heure, heureuse, cette mère, mais je préférerais son malheur et ses ululements pareils à mon bonheur et à mes ululements. Qu'entends-je et que vois-je dans la forêt profonde et obscure ? Tant d'êtres anciens ou actuel. Par ma sagesse, cette nuit ferait le bonheur d'un antiquaire !

Dans la forêt profonde et obscure se pressait une foule d'êtres beaux ou laids, gais ou tristes. Étaient venus les démons incubes et succubes qui sont de quatre sortes : Les égypans, faunes et sylvains ; les gnomes et les pygmées ; les nymphes ; les pyraustes, vulcains et feux-follets. Étaient venus aussi, en arrois différents, les enchanteurs de tous les pays : Tirésias, l'aveugle que les dieux firent parfois changer de sexe ; Taliésin, Archélaüs. Étaient venues aussi les enchanteresses : Circé, Omphale, Calipso, Armide. Étaient venus aussi les vampires, les stryges, les lamies, les lémures en bruit prophétique de castagnettes. Étaient venues aussi les devineresses ou prophétesses, la prêtresse de Delphes, la pythonisse d'Endor, la sibylle de Cumes. Étaient venus des diables de toutes hiérarchies, les diablesses et les satanés les plus belles. Étaient venus les pauvres sorciers en quête de chalands pour leurs drogues infectes et les sorcières ancillaires et pratiques, portant les ustensiles indispensables à leurs fonctions infimes : marmite et balai. Étaient venus les magiciens renommés, alchimistes ou astrologues. Parmi ces derniers, on remarquait trois fantômes de rois orientaux venus d'Allemagne, vêtus d'habits sacerdotaux et coiffés de la mitre.

LES TROIS FAUX ROIS MAGES

Autrefois nous regardions souvent les étoiles, et l'une que nous vîmes une nuit, discourant au milieu du ciel, nous mena, mages venus de trois royaumes différents, vers la même grotte, où de pieux bergers étaient déjà venus peu de jours avant le premier jour de cette ère. Depuis lors, prêtres d'occident nous ne saurions plus nous laisser guider par l'étoile et pourtant des fils de dieux naissent encore pour mourir. Cette nuit, c'est la Noël funéraire et nous le savons bien, car si nous avons oublié la science des astres, nous avons appris celle de l'ombre, en Occident. Nous attendions depuis notre décollation cette nuit bienheureuse. Nous sommes venus dans la forêt profonde et obscure guidés par l'ombre. Or, nos chefs sont pâles, ils sont vides de sang, du sang oriental, et pâles comme des têtes occidentales. Nous sommes venus ici guidés par l'ombre.

FAUX BALTHAZAR
au chef livide, blanc comme les taches des ongles

Le fils d'un des plus petits faux dieux
Par amour est mort très vieux.
Pour guider vers lui pas de sidère,
Rien qu'une ombre sur la terre.

FAUX GASPARD
au chef couleur de cire vierge

Nous ne portons pas pour beaux présents
La myrrhe, l'or et l'encens
Mais le sel, le soufre et le mercure
Pour orner sa sépulture.

FAUX MELCHIOR
au chef nègre couleur de peau d'éléphant

Serments par sa mère violés !
Chute des chefs décollés !
Faux dieux magiques ! pas de sidère,
Rien qu'une ombre sur la terre !

Or, le faux Balthazar portait le mercure, le faux Gaspard portait le sel et le faux Melchior portait le soufre. L'ombre, au lieu de l'étoile, avait été un guide excellent, car tous les trois s'arrêtèrent devant le sépulcre, déposèrent leurs présents sur la pierre, méditèrent un instant et se retirèrent, marchant l'un derrière l'autre.

Après eux, vinrent des santons ingénus qui connaissaient déjà le sépulcre, à cause de l'ombre de l'ombre. C'étaient des paysans, des vilains, des serfs, des serviteurs, des hommes de métier et des marchands qui placèrent sur la tombe de l'enchanteur toutes sortes de victuailles. Ils apportaient des flacons de vin cuit ; des jambons ; des andouilles ; des pâtés de faisans ; des grappes de raisin sec ; des épices, graines de pavot, laurier, romarin, thym, basilic, menthe, marjolaine, baies de genièvre, cumin ; de la boucherie ; du porc ; de la venaison ; des fruits ; des gâteaux, tourtes, tartes, craquelins, flans, talmouses ; des confitures sèches et liquides. Tant et tant que la pierre de la tombe disparut sous les nouveaux présents et qu'on ne voyait plus ceux des faux rois mages.

LES FAUX SANTONS

Guidés par l'ombre de l'ombre, l'ombre cimmérienne, nous t'apportons ce qui t'est inutile, fils de prêtresse : les mets savoureux. Nous ne t'offrons point de laitage, car tu méprises les troupeaux et c'est pour cela aussi que tu n'entends pas nos chœurs harmonieux chanter les chansonnettes farcies. À la vérité, cette nuit bienheureuse, c'est la Noël funéraire et la bonne volonté ne suffit plus à cause de l'ombre, car tu n'as pas fait briller de lumière.

Bandeaux, lettrines et illustrations de L'enchanteur pourrissant.

Les faux santons s'en allèrent alors, puis disparurent comme par enchantement, de même que les faux rois mages.

VOIX DE L'ENCHANTEUR

Il y a trop de personnages divins et magiques, dans la forêt profonde et obscure, pour que je sois dupe de cette fantaisie de Noël funéraire. Néanmoins, les présents sont réels et j'en saurai faire un excellent usage. Maudite fantaisie de ma Noël funéraire ! Les réels présents des faux rois mages sont trop somptueux, si somptueux que je crains de m'en servir à tort et à travers ne connaissant pas leur juste prix. Les réels présents des faux santons m'ont rempli d'aise, ils m'ont fait venir l'eau à la bouche. Hélas ! On a oublié le pain. Cette fantaisie magique est cruelle comme la volonté. Ils ont oublié le pain.

URGANDE LA MÉCONNUE
sorcière sans balai

Certainement, parmi ce qu'il y a de plus rare au monde, on peut compter la merde de pape, mais un peu de celle de celui qui est mort me satisferait mieux. Je cherche cette rare denrée et non pas le corps de l'enchanteur lui-même. Je déteste dormir avec un cadavre et que faire auprès d'un cadavre, sinon dormir.

UN SORCIER

J'ai des plantes et des herbes excellentes contre les enchantements : herbes d'Irlande, selage, mandragore, bruyère blanche. Le bruit avait couru qu'une dame enchantait l'enchanteur et maintenant beaucoup prétendent qu'il est mort. Je suis arrivé trop tard mais l'intention était bonne.

LES ELFES
chaussés de cristal

Les velléités ne prévalent contre aucune volonté. Tu ne peux rien. Impuissant !

LE SORCIER

J'ai quatre enfants à nourrir.

LES ELFES

Pauvre homme ! Nous allons te confier un secret précieux. Va, dans la forêt des Ardennes, tu trouveras une petite rivière qui recèle des perles, c'est l'Amblève bordée d'aunes.

LE SORCIER

Merci, elfes bienfaisants. Je n'ai plus aucune raison de chercher l'enchanteur. Je serai pêcheur de perles.

Étaient venues aussi les magiciennes les plus perfides, telles qu'elles sont.

MÉDÉE

J'embrasserais volontiers celle qui a fait mourir l'enchanteur. Je l'embrasserais, fût-elle un spectre. J'ai ignoré la science des fuites. Enchanteur ! Je crache sur le sol, je voudrais cracher sur toi.

DALILA

Marâtre, tu donnas la Toison à l'argonaute. Moi, je coupai la chevelure de mon amant. Nous aimions toutes deux, mais différemment. Tu aimais les hommes forts ; moi, je fus la femme forte. La dame qui enchanta l'enchanteur lui coupa sans doute la chevelure, suivant mon exemple. Qu'en penses-tu ?

MÉDÉE

Chercheuse de poux, ne parle pas d'enchantements. Un chevelu devient ridicule après avoir été tondu. Toi-même que serais-tu si l'on te tondait ? Ni plus ni moins forte. Qu'aurais-tu fait contre le tondu, sans d'autres hommes. Et même, tout fut vain à cause de toi. L'homme fut plus fort contre toi, contre toutes.

HÉLÈNE

vieille et fardée

Je l'avoue, lorsque j'aimai le berger troyen et qu'il m'aima, j'avais plus de quarante ans. Mais mon corps était beau et blanc comme mon père, le cygne amoureux qui ne chantera jamais. J'étais belle comme aujourd'hui, plus belle que lorsque petite fille, le vainqueur de brigands me dépucela. J'étais bien belle, car j'avais su conserver ma beauté en restant nue et en m'exerçant chaque jour à la lutte. Je savais aussi (car Polydamne me l'avait appris en Égypte) me servir des herbes pour en faire des fards et des philtres. Je suis belle et je reparais toujours, prestige ou réalité, amante heureuse et féconde et jamais je n'ai tondu mes amants, ni tué mes enfants. Pourquoi tuer les hommes ? Ils savent s'entretuer sans que nous le demandions. Je suis curieuse de savoir pourquoi cette dame veut faire mourir ce vieillard qui est son amant ; car il est certainement son amant.

ANGÉLIQUE

Sait-on s'il est son amant ? Elle-même le sait puisqu'il lui a tout enseigné, tout ce qu'il savait. Nul ne saurait deviner l'énigme de la mort de l'enchanteur. Les hommes savent s'entretuer sans que nous le demandions. Il était mourant, le jeune homme que je recueillis, un jour, que je guéris et qui m'aima comme je l'aimai. J'avais quarante ans alors et j'étais plus belle que jamais. Non, non, il n'y a pas de raison pour qu'une femme tue un homme.

On entendit alors des cris lamentables. Les sorcières, démons femelles, enchanteresses et magiciennes se plaignaient.

LE CHŒUR FÉMININ

Il y a dans la forêt profonde et obscure, une odeur vivante, une odeur de femme. Les mâles sont en rut parce qu'une irréalité a pris la forme de la réalité. Et Angélique est vivante faussement dans la forêt profonde et obscure.

LE CHŒUR MASCULIN

Est-ce si rare et si étrange ? Les irréalités deviennent raisonnables parfois et regardent alors ce qui est beau, de là leur forme. En ce siècle, quelle forme est plus belle que celle d'Angélique ? Irréalité raisonnable, nous t'aimons, nous t'aimons parce que tu cherches comme nous, ce qu'il y a de plus beau dans le siècle : le cadavre de l'enchanteur. Mais notre raison est vaine, car Jamais plus nous ne pourrons le regarder, puisqu'il est enseveli. Irréalité raisonnable nous t'aimerons pour pouvoir ensuite être tristes jusqu'à la mort, car nous sommes raisonnables maintenant aussi mais trop tard, puisque nous ne verrons pas, parce qu'il est enseveli, le beau cadavre, le très beau, et qu'en vérité tout notre amour te laissera stérile en notre raison informe quoique nous t'aimions.

ANGÉLIQUE

À la vérité, je suis vivante et amante heureuse, plus heureuse que celle dont les frères stellaires, les Dioscures, scintillent. Je suis vivante, vivante. Je naquis en Orient, mécréante et maudite et faussement vivante, tandis que maintenant je vis et je vous maudis, irréalités, car depuis j'ai été baptisée comme le fut l'enchanteur lui-même.

LE DOUBLE CHŒUR

La Chinoise a crié son vrai cri. Ce n'est pourtant pas le cri de l'innocence, c'est un pauvre aveu. Voyez comme elle s'agenouille. De honte, elle cache son front dans ses mains. Aucune raison formelle ne fut plus douloureuse. Sa honte est le signe de sa méchanceté. Le beau cadavre de l'enchanteur serait-il honteux aussi pour être enseveli et caché à nos regards. Hélas ! Hélas ! le beau cadavre pue peut-être.

LE CHŒUR FÉMININ

La vivante n'est pas virginale. Ayons pitié d'elle.

ANGÉLIQUE

Je vous maudis. Je ne suis pas vierge, mais reine, amante et bien nommée. Je serai sauvée.

LE CHŒUR INOUÏ DES HIÉRARCHIES CÉLESTES

La bien nommée s'est réalisée. Au nom du nom silencieux, nous l'aimerons pour s'être bien nommée. On prépare sa mort parce qu'elle est bien aimée.

ANGÉLIQUE

Je te loue tristement, songe noir, songe de ma destinée.

LE CHŒUR INOUÏ DES HIÉRARCHIES CÉLESTES

La quadragénaire est belle comme une jeune vierge parce qu'elle est bien nommée. Elle a oublié tout ce qui est païen, magique et même naturel. Son nom fait hésiter les mâles. On prépare sa mort parce qu'elle s'est agenouillée.

LE CHŒUR MASCULIN

Nous t'aimons, ô Chinoise agenouillée, nous t'aimons en dépit de ton nom.

Ils violèrent tour à tour l'irréalité raisonnable, belle et formelle de la faussement vivante Angélique. La forêt profonde et obscure s'emplit de vieux cris de volupté. La vivante palpita longtemps et puis mourut d'être toujours blessée. Son corps pantela d'un dernier râle vénérieux et encore agenouillé se courba tant que la tête de la morte touchait le sol. Des vautours, sentant l'odeur du cadavre, accoururent de toutes parts, malgré la nuit et emportèrent par lambeaux, par delà le ciel, la chair de la morte visible.

LE CHŒUR INOUÏ DES HIÉRARCHIES CÉLESTES

L'âme de la quadragénaire stérile fut purifiée par un joyeux martyre. Elle sera nue dans le ciel, on lui donnera une maison de feu, parce qu'elle fut bien nommée.

LA VIOLÉE

Je ne sais plus rien, tout est ineffable, il n'y a plus d'ombre.

UN ARCHANGE
rapide et inouï

Elle est sauvée à cause de son nom. Elle a tout dit, elle ne sait plus rien.

L'ARCHANGE MICHEL
victorieux et inouï

D'autres furent damnés jadis en dépit de leur nom. Ne dites pas elle est sauvée. Elle est trop pure maintenant. Elle monte, elle est ronde, elle est juste, elle n'a pas de nom.

UN CHÉRUBIN

Elle est sauvée, on ne la voit plus, elle est en Dieu.

LE CHŒUR MASCULIN

Elle est semblable à Dieu.

Bandeaux, lettrines et illustrations de L'enchanteur pourrissant.

LE CHŒUR INOUÏ DES HIÉRARCHIES CÉLESTES

La bien nommée est sauvée.

L'ARCHANGE MICHEL

Elle est damnée.

La douleur attendit en vain de sphère en sphère, la sphère condamnée.

Les violateurs s'attristèrent et disparurent de la forêt profonde et obscure avec de longs cris lugubres. Sur le sol, dans la clairière gisaient les ossements épars de la violée dont les vautours avaient emporté la chair par delà le ciel mobile. Il ne resta dans la forêt profonde et obscure que quelques fées ignorantes qui cherchaient encore l'enchanteur.

Apollinaire - L'enchanteur pourrissant, p47

MADOINE

S'il a été trompé, c'est justice. Il n'est point d'homme qui, à l'occasion, ne trompe même une fée.

LORIE

Tu dis cela, ma sœur, à cause de Laris, le chevalier qui te trompa dans la forêt de Malverne. Hélas ! il est bon d'être trompée si l'on a été aimée.

HÉLINOR

Tu dis cela parce que tu aimes vainement Gauvain, le chevalier solaire. La dame n'a pas trompé l'enchanteur.

MADOINE

L'enchanteur est bel et bien trompé, le malheur est qu'il en soit mort.

LORIE

Est-on certain de sa mort. La dame n'a pas reparu.

HÉLINOR

C'est peut-être elle qui est morte.

MADOINE

C'est possible, et ce serait tant mieux pour moi, car je voudrais que l'enchanteur me fit les yeux doux. Mais comment la dame serait-elle morte ?

LORIE

Évidemment elle savait tout. Si elle est morte, c'est en couches.

HÉLINOR

Ne supposons rien. Tout proclame la mort de l'enchanteur et nous en avons eu de sombres témoignages.

LORIE

Nous avons aussi des témoignages de sa vie.

MADOINE

Il sait lui seul tout cela.

HÉLINOR

Et la dame ? la dame ?

LORIE

Elle ne saura jamais la vérité.

VOIX DE L'ENCHANTEUR MORT

Je suis mort et froid. Fées, allez-vous en ; celle que j'aime, qui est plus savante que moi-même et qui n'a point conçu de moi, veille encore sur ma tombe chargée de beaux présents. Allez-vous en. Mon cadavre pourrira bientôt et je ne veux pas que vous puissiez jamais me le reprocher. Je suis triste jusqu'à la mort et si mon corps était vivant il suerait une sueur de sang. Mon âme est triste jusqu'à la mort à cause de ma Noël funéraire, cette nuit dramatique où une forme irréelle, raisonnable et perdue a été damnée à ma place.

LES FÉES

Allons ailleurs, puisque tout est accompli, méditer sur la damnation involontaire.

Les fées s'en allèrent, et le monstre Chapalu, qui avait la tête d'un chat, les pieds d'un dragon, le corps d'un cheval et la queue d'un lion, revint, tandis que la dame du lac frissonnait sur la tombe de l'enchanteur.

MONSTRE CHAPALU

J'ai miaulé, miaulé, je n'ai rencontré que des chats-huants qui m'ont assuré qu'il était mort. Je ne serai jamais prolifique. Pourtant ceux qui le sont ont des qualités. J'avoue que je ne m'en connais aucune. Je suis solitaire. J'ai faim, j'ai faim. Voici que je me découvre une qualité ; je suis affamé. Cherchons à manger. Celui qui mange n'est plus seul.

Quelques sphinx s'étaient échappés du joli troupeau de Pan. Ils arrivèrent près du monstre et apercevant ses yeux luisants et clairvoyants malgré l'obscurité, l'interrogèrent.

LES SPHINX

Tes yeux lumineux dénotent un être intelligent. Tu es multiple comme nous-mêmes. Dis la vérité. Voici l'énigme. Elle est peu profonde parce que tu n'es qu'une bête. Qu'est-ce qui est le plus ingrat ? Devine, monstre, afin que nous ayons le droit de mourir
volontairement. Qu'est-ce qui est le plus ingrat ?

L'ENCHANTEUR

La blessure du suicide. Elle tue son créateur.
Et je dis cela, sphinx, comme un symbole
humain, afin que vous ayez le droit de mourir
volontairement, vous qui fûtes toujours sur le
point de mourir.

Les sphinx échappés du joli troupeau de Pan se

cabrèrent, ils pâlirent, leur sourire se changea en une épouvante affreuse et
panique, et aussitôt, les griffes sorties, ils grimpèrent chacun à la cime d'
un arbre élevé d'où ils se précipitèrent. Le monstre Chapalu avait assisté à
la mort rapide des sphinx sans en savoir la raison, car il n'avait rien deviné. Il assouvit sa faim excellente en dévorant leurs corps pantelants. Or,
la forêt devenait moins obscure. Redoutant le jour, le monstre activait
le travail de ses mâchoires et de sa langue lécheuse. Et l'aube poig-
nant, le monstre Chapalu s'enfuit vers des solitudes plus sombres.
Dès l'aurore, la forêt s'emplit de rumeurs et de clartés éblouis-
santes. Les oiseaux chanteurs s'éveillèrent, tandis que le

vieil hibou savant s'endormait. De toutes les paroles

prononcées pendant cette nuit, l'enchanteur ne

retint pour les approfondir que celles du

druide abusé qui s'en alla vers la mer :

« J'apprends à redevenir poisson. » Il

se souvint aussi, pour en rire, de

ces mots proférés par le monstre

miaulant Chapalu : « Celui

qui mange n'est plus

seul. »

Bandeaux, lettrines et illustrations de L'enchanteur pourrissant.

Bandeaux, lettrines et illustrations de L'enchanteur pourrissant.

Bandeaux, lettrines et illustrations de L'enchanteur pourrissant.

E soleil éclaira une forêt fraîche et florale. Les oiseaux

gazouillaient. Aucun bruit humain ne se mêlait aux rumeurs forestières. La dame du lac fut sensible au bienfait des premiers rayons. Aucune pensée de malheur présent ne la troublait et son bonheur de voir le jour était encore augmenté, car elle était certaine que l'enchanteur, couché dans les ténèbres sépulcrales, ne le partagerait pas. Les fourmis et les abeilles se hâtaient pour le bonheur de leurs républiques, mais la dame du lac ne les regardait pas, car elle méprisait les peuplades, les troupeaux et toute congrégation en général. Elle tenait cette horreur de l'enchanteur qui avait été son maître. Elle n'avait choisi la forêt comme lieu mortuaire de l'enchanteur que par cruauté. Or, le soleil éclairait, en même temps, au loin, une ville close, entourée de murailles et de fossés d'eau croupissante. Trois portes donnaient accès dans la cité qui avait nom Orkenise et dans les rues pavées passaient, en tous sens, les demoiselles, les jongleurs, les bourgeois et les chanoines. Partout, les boutiques des marchands d'encens alexandrin, de poivre, de cire, de cumin, les échoppes des cordonniers, des pelletiers, des changeurs, des drapiers, des orfèvres qui cisèlent les hanaps d'argent, les coupes d'or, les bourses, les dés, ouvraient leurs portes basses. De cette ville était sorti à pied, dès l'aube, un chevalier nommé Tyolet. Vers midi, Tyolet arriva sur la lisière de la forêt où l'enchanteur était étendu comme le sont les cadavres. Tyolet erra quelque temps dans la forêt sans sentiers, puis fatigué, s'assit au pied d'un hêtre. Alors, il se mit à siffler allègrement. Or, le chevalier Tyolet avait une vertu singulière : il savait appeler les animaux en sifflant. Il y eut des remuements, des bourdonnements, des soubresauts et des courses de toutes parts dans la forêt. Tous les oiseaux vinrent se percher sur les plus basses branches de l'arbre auquel Tyolet était adossé et tous les animaux accoururent et formèrent un cercle étroit autour du siffleur. Vinrent : Les griffons, les dragons, le monstre Chapalu, les pigeons, les onces, les chimères, les guivres, les guivrets, les sphinx survivants toujours sur le point de mourir, les renards, les loups, les araignées, les serpentins, les scorpions, les tarasques, les crapauds, les sauterelles, les grenouilles et leurs têtards, les blaireaux, les sangsues, les papillons, les hiboux, les aigles, les vautours, les rouges-gorges, les mésanges, les bouvreuils, les grillons, les rossignolets, les chats, les loups-garous, des troupeaux de vaches maigres ou grasses entourant quelques taureaux, les chauves-souris, les belettes, les mouches, les martres, Béhémoth, les ours, les cigales, les ichtyosaures, les hardes de biches avec leurs faons, Léviathan, les cerfs, les sangliers, les cloportes, les tortues, les sarigues, les chat-huants, les guêpes, les vipères, les couleuvres, les aspics, les pythons, les paons, les engoulevents, les abeilles, les fourmis, les moustiques, les libellules, les mantes religieuses. Tous les animaux rampants et ceux qui marchent, tous les oiseaux, tous les insectes ailés ou non auxquels il fut possible d'ouïr le sifflement allègre de Tyolet accoururent à son appel et se réunirent attentifs autour de lui. Mais le chevalier s'effraya quand il se vit au milieu de tant d'animaux. Il se dressa et regarda de tous côtés. Tous les yeux étaient bienveillants et, reprenant un peu de son assurance, Tyolet parla ainsi :

« J'ai mésusé de mon pouvoir singulier. Pour m'amuser, j'ai sifflé et vous êtes tous venus. À cette heure, je suis seul et désarmé au milieu de vous. Je vous demande pardon de vous avoir appelés sans raison, car, voyez, je n'ai même pas de chiens pour les lancer contre vous. Voyez, je ne suis plus libre et je me sens lâche. Vous comprenez mes sifflements, mais moi, je suis un étranger parmi vous, je ne comprends rien au chant des oiseaux, au cri des animaux, aux remuements d'antennes des insectes. Je suis un étranger. Je vous ai réunis, profitez-en, mais que je m'en aille pour votre bonheur et le mien, car je ne peux rien vous enseigner. »

LE ROSSIGNOLET

Hélas ! Il a raison.

L'ICHTYOSAURE

Tyolet ! Nul parmi nous ne te considère comme étranger ; tu as raison, pourtant. Nous te sommes étrangers.

LÉVIATHAN

Va-t-en, mais ne siffle plus ; sinon tes pareils te prendraient pour un serpent.

Le cercle des animaux s'ouvrit et le chevalier Tyolet partit à travers la forêt se dirigeant vers la cité d'Orkenise.

Aussitôt qu'il eût disparu, les animaux s'agitèrent et se séparèrent, les mâles d'un côté, les femelles de l'autre. Il ne resta entre eux que certains animaux hermaphrodites et d'autres qui ne sont ni mâles ni femelles. Béhémoth sortit du rang des mâles et parla. Tous les animaux le comprirent.

BÉHÉMOTH

Avez-vous remarqué la raison admirable de l'homme ? Nous lui sommes devenus étrangers. Il y a une part de vérité dans cela, et beaucoup de vantardise. Pour son bonheur, il eût mieux fait de rester parmi nous, mais pour notre bonheur, soyons contents qu'il nous ait rassemblés, puis s'en soit allé lâchement. Pour moi, je suis la voix de vous tous ; seul, j'ai toutes les idées claires que vous avez chacun en particulier ; et, si nul ne trouve à redire, je me proclamerai dictateur… Je suis dictateur. Écoutez la voix du Béhémoth sans origine. Nous allons tous vivre agréablement et sociablement dans cette forêt dont un tombeau occupe le centre et l'on jouera à qui disparaîtra le premier. Pourtant, il est des animaux qui seront exclus du jeu. Je m'exclus d'abord comme dictateur, car je suis sans origine, unique, immobile, et même, je crois, immortel. Seront exclus ceux qui ne sont ni mâles ni femelles. Ils continueront leurs travaux excellents et nous apporteront les provendes quotidiennes. Quant à ceux qui sont hermaphrodites, il est juste qu'on les tue, car depuis longtemps déjà ils n'ont plus de raison d'être.

Aussitôt que Béhémoth eut parlé, les animaux se précipitèrent sur les hermaphrodites qui se laissèrent tuer sans résistance, tant ce qu'avait dit le dictateur paraissait raisonnable. Les animaux carnivores eurent ainsi un premier repas. Le monstre Chapalu ne protesta pas avant d'avoir assouvi la faim excellente qui était sa seule qualité. Il vint alors se placer devant Béhémoth et dit ceci :

« Il se peut que certaines bêtes qui ne sont ni mâles ni femelles aient des raisons de famille qui les forcent à travailler pour d'autres que pour elles-mêmes ; mais, je ne travaillerai pas. Je ne suis pas prolifique, c'est vrai, mais je possède un excellent appétit qui me met en contact avec d'autres êtres, et je n'en demande pas davantage. Au reste, je suis un mauvais ouvrier, et, si vous n'espériez qu'en moi, vous courriez risque de périr d'inanition. Il est vrai que périr est le but de votre expérience. Mais, comme, au fond, rien de vous ne m'importe, je préfère être libre. Adieu. »

Et le monstre se retira en miaulant.

Les Guivres parlèrent alors :

« Nous aussi, nous préférons nous en aller, car notre but est tout autre. Nous espérons un baiser humain. Tout à l'heure, nous crûmes pouvoir le demander au chevalier siffleur, mais hélas ! il s'en est allé avant d'avoir vu nos belles lèvres. Nous n'avons aucune raison de rester parmi vous, nous qui espérons une métamorphose, grâce au baiser humain. Adieu. »

BÉHÉMOTH

Guivres, qui vous croyez étrangères parmi nous, vous vous trompez sur l'origine de l'homme et sur la vôtre. D'autres sont plus proches d'une métamorphose que vous. Et l'homme lui-même, qu'espère-t-il ? Rien que de confus et pourtant il est plus proche d'une métamorphose que vous.

Mais les guivres ne comprirent pas le sens du discours de Béhémoth et s'en allèrent avec leurs guivrets, vers leurs gîtes accessibles, en se léchant les lèvres pour les faire paraître plus rouges.

Les Sphinx parlèrent alors :

« Notre but est différent aussi. Nous posons des énigmes pour avoir le droit de mourir volontairement. Adieu. »

BÉHÉMOTH

Qu'il s'en aille, ce troupeau qui est toujours sur le point de mourir. S'il restait, le jeu n'en finissait plus. Ils seraient vainqueurs, puisque nous ne sommes que des bêtes. Jolis sphinx, allez vers Orkenise ou Camalot, vous y trouverez peut-être des savants subtils qui ne négligeront rien, ni jeûnes, ni veilles, afin que vous puissiez mourir volontairement et même pompeusement.

LES SPHINX

Béhémoth, ne nous conseille pas ! Ici, près de la tombe sont épars des ossements de sphinx. En demeurant auprès de vous nous pourrions mourir, mais non grâce à vous. Pour votre bonheur, nous irons ailleurs chercher la mort volontaire. Adieu.

Le joli troupeau de sphinx s'en alla et rejoignit Pan, son berger.

LES SCORPIONS

Nous nous en irons aussi. Notre but est autre, c'est de mourir volontairement, mais non pas comme meurent les sphinx. Nous mourrons par notre volonté. Nous n'espérons pas le suicide, nous le pratiquons à l'occasion, quand il nous plaît. Adieu.

BÉHÉMOTH

Scorpions, vous êtes injustes. Allez-vous-en, vous êtes indignes de vivre, même pour l'expérience de la mort involontaire.

Les scorpions s'en étant allés, il ne resta plus auprès du tombeau de l'enchanteur que des animaux disposés à l'expérience. Les animaux ni mâles ni femelles se mirent à chercher les provendes quotidiennes selon leurs habitudes. Sur un signe de Béhémoth, les animaux de sexes différents se mêlèrent et s'accouplèrent selon leurs goûts et leurs races.

Bandeaux, lettrines et illustrations de L'enchanteur pourrissant.

Or, l'enchanteur mort avait tout entendu et comme il détestait les troupeaux, les peuplades et toute congrégation en général, il eut une violente colère et cria ; et sa voix fut inouïe dans la forêt florale et ensoleillée.

VOIX DE L'ENCHANTEUR

Bêtes en folie, êtes-vous si loin de votre prochaine métamorphose que la brute des brutes, le Béhémoth tranquille et sans origine, ait pu vous persuader ? Ne voyez-vous pas ? Il est immobile, ce dictateur. Croyez-moi je vous aime et sais le nom de chacune de vous. Séparez-vous et ne vous fréquentez pas, sinon quand vous aurez faim pour vous dévorer.

Les bêtes n'entendirent pas la voix de l'enchanteur et continuèrent leurs copulations mortuaires sous la dictature inféconde de Béhémoth.

Or, à partir du moment où le chevalier Tyolet avait sifflé, l'enchanteur concevait qu'un grand travail s'accomplissait dans son cadavre. Tous les êtres parasites et latents qui s'ennuient pendant la vie humaine se hâtaient, se rencontraient et se fécondaient, car c'était l'heure de la putréfaction. L'enchanteur maudit toutes ces hordes, mais connut que le travail qui consiste à dénuder la blancheur des périostes, est bon et nécessaire. Il se réjouit même en songeant que son cadavre serait plein de vie quelque temps encore.

L'ENCHANTEUR POURRISSANT

Sifflement, appel humain dès l'origine, tu réunis les premières peuplades. Tu fus cause des premiers troupeaux.

Le chevalier avait bonne mémoire, il s'est souvenu du sifflement originel. Voilà le mal. Antique sifflement, tu opères aujourd'hui ma putréfaction. Mon corps, mon pauvre corps, il est bon que tu pourrisses sous terre. Les tombeaux sont plus sincères que les urnes, mais ils tiennent trop de place. Bêtes en folie, allez loin du Béhémoth sans origine et, je vous le dis, faites du feu, cherchez du feu, trouvez du vrai feu, et puis, si par bonheur vous en avez pu dérober, brûlez les cadavres. Allons, les bêtes, l'heure folle est passée ; maintenant commence le jeu proprement dit. Qui mourra le premier ? Pauvres bêtes, aux yeux tristes, séparez-vous, il est temps encore, cessez le jeu mortuaire dont ne profitera que Béhémoth.

Or, les animaux continuaient leur expérience galante et funèbre. La dame du lac à qui l'enchanteur avait communiqué sa haine des troupeaux, des peuplades et de toute congrégation en général s'émut aussi.

LA DAME DU LAC

Bêtes ! Tant de bêtes, mais aucun poisson ni de mer, ni d'eau douce ! Lâcheté du sifflement qui appelle et réunit. Je crie ! Mes cris sont pleins de bravoure, ils effrayent et dispersent. Bêtes, dispersez-vous d'effroi ! Vaches maigres, vaches grasses, signes d'un songe matinal et véridique, quelle famine et quelle abondance annoncez-vous ? Dispersez-vous, animaux prestigieux cu vivants !

La voix de la dame du lac éveilla les échos de la forêt florale et ensoleillée. Les animaux cessèrent leurs copulations et s'enfuirent tristes et effrayés. Béhémoth disparut sur place sans cesser d'être immobile. Léviathan courut jusqu'au fleuve prochain et flottant au fil de l'eau gagna l'Océan, sous lequel il s'enfonça sans donner de démenti à la dame du lac, au sujet des poissons. Les autres animaux se dispersèrent et leurs cris divers troublèrent longtemps la joie de la dame assise sur la tombe tiède et chargée de présents.

L'ENCHANTEUR POURRISSANT

Pour la première fois, je regrette d'être mort et illogique. Le jeu, bien qu'interrompu, doit avoir eu un résultat. Certainement, les animaux savent qui est mort le premier. Il est impossible qu'il n'y ait point de cadavre aux environs de mon tombeau.

Mais la dame du lac n'entendit pas la voix de Merlin et n'eut pas la curiosité de connaître les résultats du jeu. Mais le bruit de cette association s'était répandu. À partir du crépuscule, ce fut dans la clairière un passage ininterrompu de fondateurs de cités. Vinrent d'abord les neuf Telchins, graves et nus, qui s'arrêtèrent dans la clairière.

LES TELCHINS

Voici le lieu de la nouvelle cité déjà déserte, le sol est criblé de tanières, de fourmilières, les creux des arbres recélaient les essaims. Aux branches pendent des nids lamentables pleins d'œufs inutiles. Les animaux se sont enfuis. Le dictateur a disparu quoique immobile. Ô Linde, cité des roses, que nous bâtîmes dans Rhodes, seras-tu semblable à cette ville délaissée, un jour. Ô Linde, ville heureuse, fruit de notre exil. Cité des animaux, il ne restera rien de toi, pas même un nom. Il y a des morts dans la ville abandonnée !

Les Telchins ramassèrent quelques corps qui gisaient sur le sol de la clairière.

La dame du lac, à ce moment, s'endormit de lassitude sur la tombe tiède et chargée de présents.

L'ENCHANTEUR POURRISSANT

Voici un instant divin, je vais connaître le résultat du jeu. Qui est mort le premier ou le dernier ? Mais il est nécessaire de dire : le premier.

LES TELCHINS

Ceux qui moururent étaient des êtres ailés.

Les Telchins déposèrent pieusement les corps là ou ils les avaient trouvés et s'en allèrent dans la direction de la mer que les premiers ils ont domptée.

L'ENCHANTEUR

Les premiers morts furent des êtres ailés. Enfin, je sais la vérité sur la mort et sur les ailes.

Vint ensuite un homme de haute stature qui s'arrêta longtemps au lieu où gisait Béhémoth. Il ramassa un à un les corps ailés, les palpa et les rejeta d'un air triste. Or, à ce moment, la nuit était venue, et de nouveau, la forêt fut profonde et obscure.

CADMUS

Étrange cité où tant de races s'étaient réunies ! Dès les premiers morts, la ville a été abandonnée. Et les morts ?

Tous ailés et sans dents. Ville heureuse qui ne connaîtra ni les terreurs de la Thébaïde, ni les affres des famines, ni la désolation du manque d'eau. Je suis venu en vain, dentiste adroit. Les premiers morts étaient ailés et sans dents.

Et Cadmus se dirigea vers l'Est et, par étapes, gagna la Hongrie dans l'espoir de trouver, au delà, des fontaines gardées par des dragons.

Ensuite vint un homme maigre, aux yeux effrayants, qui s'accroupit et serrait ardemment un crucifix sur sa poitrine.

SAINT-SIMÉON STYLITE

Involontairement, j'ai fondé une ville. Les hommes s'étaient réunis autour de ma colonne ; c'est ainsi que naquit la ville inutile. Ainsi par mon orgueil de souffrir, je suis cause de tous les péchés de ma ville pécheresse. Animaux, vous avez mal fait de vous disperser. Dieu aime ceux qui se réunissent et disent ainsi sa gloire. Il enjoignit à Noé de réunir dans l'arche deux couples de tous les animaux. Il bénit les troupeaux de Laban. Il réunit les chiens sur le corps de l'impie Jézabel. Seigneur, tu n'as fait mourir que des êtres ailés, ceux que tu préfères. Seigneur, tes anges ont des ailes. Moi, le maudit aux terribles miracles, j'étais perché sur une haute colonne comme un oiseau, et, accomplissant des miracles, j'étais assailli de tentations selon la température. Ardabure tira des flèches sur moi comme sur un oiseau.

L'ENCHANTEUR

Tu délaissas les villes et la terre qui supporte les villes. Plus haut que la terre, tu fus trompé par le voisinage des oiseaux ; or, ces premiers mourants ne sont bons qu'à prédire. Leurs vols sont annonciateurs et maudits. Que nul n'imite l'être ailé, premier mourant. Que parles-tu des ailes angéliques ? Je ne suis point ailé et pourtant je suis un ange, sauf le baptême. Toi-même, tu es un ange, sauf le baptême, ô Miraculeux !

SAINT-SIMÉON STYLITE

Souviens-toi longtemps encore de ton baptême. Adieu, toi qui contrastes avec moi comme le caveau mortuaire et souterrain contraste avec la colonne qui s'élance au ciel.

Il s'en alla. Les vers se hâtaient dans le corps de l'enchanteur. La nuit passa, et, à l'aurore, les premiers rayons solaires réveillèrent la dame du lac. Elle ouvrit languissamment les paupières et aperçut en l'air une seule plume d'aile qui feuillolait encore.

Apollinaire - L'enchanteur pourrissant, p62

Bandeaux, lettrines et illustrations de L'enchanteur pourrissant.

Bandeaux, lettrines et illustrations de L'enchanteur pourrissant.

Ans la forêt profonde et ancienne, la nuit était silencieuse.
Un chevalier de cuivre, géant et merveilleux, arriva au pied d'un roc abrupt qui supportait un château sourcilleux. Le chevalier dirigea son auferant dans un sentier détourné qui menait au portail. Le corneur, veillant au haut d'une tour, s'aperçut de la venue du chevalier. Le cor sonna,

et lorsque le chevalier de cuivre, géant et merveilleux, fut arrivé près du fossé où brillait un reflet de lune, il entendit venir de la tour une voix disant : « Que demandez-vous ? » Il répondit :

« L'aventure de ce château ».

Dans Orkenise endormie, les chiens dans les cours gémissaient vers la lune. Les portes de la ville étaient closes. D'une maison qui faisait partie des remparts, et dont les fenêtres donnaient sur la campagne et la route qui longe les remparts d'Orkenise, venait une voix de femme qui chantait ineffablement :

À Orkenise, pour un bel orfèvre blond
    Les filles, chaque nuit, s'endormaient, indécises,
    C'est un soir, quand s'en vient la dame très éprise
    Chez le plus bel orfèvre pâle d'Orkenise.

    « Viens, la main dans la main, trouver un clair vallon.
    Tu auras pour fermail de ton col mes doigts blêmes,
    À orfévrer nos cheveux d'or, ô toi que j'aime.
    Nous nous aimerons à en perdre le baptême. »

Dans les vergers de la contrée d'Escavalon,
　　Les filles ont pleuré, chaque année, leur méprise.
Au val, les bras sont las, les chevelures grises.
　　Ces lourds joyaux de cet orfèvre d'Orkenise !…

À la faible clarté de lampes fumeuses, la reine accouchait, dans son palais, à Camalot. Les sages-femmes se pressaient autour du lit ; la troupe de médecins aux chaperons sombres, fourrés d'hermine, surveillait à l'écart. Le roi guerroyait aux contrées lointaines. Douloureusement, la reine mit au monde une fillette, puis une autre. La salle, qui avait retenti des cris
　de douleur de l'accouchée, s'emplit de vagissements.

Le portail s'ouvrit et laissa pénétrer le chevalier de cuivre,
géant et merveilleux. Mais nul bruit ne troublait le château dormant. Ayant laissé son auferant dans une cour, le chevalier gravit les degrés. Prêt à daguer les hommes et les monstres,

il s'avança à travers les salles désertes que la lune éclairait seule.

Sur la route qui longe les remparts d'Orkenise trois jongleurs passant, ayant levé la tête, virent que la dame qui chantait se peignait à sa fenêtre. Au moment où ils passèrent, un objet tomba à leurs pieds. L'un d'eux, s'étant baissé, ramassa un peigne plein de cheveux.

On plaça les princesses jumelles dans leurs berceaux parés. Alors entra un nain hideux suivi d'un astrologue. Le nain bégaya ces mots : « Sont-ce bien les filles de notre sire ? Elles ont juste ma taille ! » Les chambrières étouffèrent des rires et les médecins murmuraient lorsqu'entra le chapelain pour ondoyer les princesses jumelles.

Le chevalier de cuivre, géant et merveilleux, entra dans une salle obscure qui s'éclaira soudain et il vit une guivre horrible qui serpentait vers lui. Le chevalier, s'apprêtait à combattre, lorsqu'il sentit naître un amour profond et pitoyable, car le monstre avait des lèvres de femme, des lèvres humides qui s'approchaient des siennes. Leurs deux bouches se touchèrent et pendant le baiser, la guivre se changea en princesse réelle et amoureuse,

  tandis que le château s'éveillait.

Apollinaire - L'enchanteur pourrissant, p67

Dans le matin blanc, les jongleurs cheminaient. Ils tenaient alternativement le peigne chu par mégarde. Et la dame, à Orkenise, tous les soirs de lune chanta à sa fenêtre.

Quand le chapelain eut ondoyé les princesses jumelles et qu'il fut sorti, entrèrent les fées marraines, qui douèrent leurs filleules, pendant que l'accouchée sommeillait, que les chambrières caquetaient et que les vieilles filaient. Aux premières lueurs de l'aube, les fées

s'enfuirent précipitamment par les cheminées.

Apollinaire - L'enchanteur pourrissant, p68

Bandeaux, lettrines et illustrations de L'enchanteur pourrissant.

Bandeaux, lettrines et illustrations de L'enchanteur pourrissant.

Ouché dans le sépulcre, l'enchanteur pensait aux poissons et aux êtres ailés. Sur le sol de la clairière, au soleil, pourrissaient les corps des premiers morts, êtres ailés. Sur la tombe tiède et chargée de présents, la dame du lac s'ennuyait. Depuis longtemps, elle n'entendait plus la voix de l'enchanteur. Dans sa solitude, elle regrettait le temps où, danseuse infatigable, elle enchantait l'enchanteur, le temps où elle trompait son amour. La dame rêvait de son palais plein de lueurs de gemmes, au fond du lac.

Six hommes arrivèrent dans la forêt. C'étaient ceux qui ne sont pas morts.

ENOCH

Si mon corps était mort, je serais mort tout entier. Je m'étonne, moi qui ne mourus pas mais reviendrai mourir, que tu sois mort avant de revenir.

L'ENCHANTEUR

Tu as vécu avant moi, longtemps avant moi, enchanteur antédiluvien. Tout est changé depuis que tu vis. Pourquoi ignores-tu ce qui s'est passé, puisque tu as toujours vécu ?

ENOCH

Épileptique, ne me fais rien avouer. N'interroge pas. Un sauveur nous a été promis dans les temps. Est-on bien sûr qu'il soit venu ?

L'ENCHANTEUR

Pourquoi m'interroges-tu, toi, qui me connais si bien ? Patriarche, qui donc n'est pas un sauveur ? Peut-être seras-tu toi-même le vrai sauveur quand tu reviendras mourir. Pour moi je l'avoue, j'ai été baptisé.

ENOCH

Hélas ! je n'en puis dire autant. De mon temps l'eau ne valait pas grand'chose.

L'ENCHANTEUR

Ne me trouble plus, vieillard béat et insidieux. Laisse-moi en paix…

ENOCH

…Jusqu'à ce que tes os qui se disperseront se rejoignent !

ELIE

Prophète ! que penses-tu de moi ?

L'ENCHANTEUR

Hermaphrodite ! Il est injuste que tu ne sois pas mort.

ELIE

Poète ! Ne t'émeus pas, je reviendrai mourir comme tous les hermaphrodites. Quant à toi, les quinze signes du jugement dernier ne te ressusciteraient pas.

L'ENCHANTEUR

Tu es un mauvais prophète.

ELIE

Homme ! je te le jure, tu espères trop en la pourriture.

L'ENCHANTEUR

Tu te trompes ! Je préférerais avoir été brûlé et il vaudrait mieux que tu eusses été brûlé.

ELIE

Je ne suis pas un cadavre, mais un prophète glorieux.

L'ENCHANTEUR

Tu n'es qu'un hermaphrodite.

EMPÉDOCLE

Philosophe du tombeau, pourquoi es-tu mort et pourquoi tout le monde sait-il que tu es mort ?

L'ENCHANTEUR

Je suis mort par amour.

EMPÉDOCLE

Tu savais tout.

APOLLONIUS DE TYANE

Me répondrais-tu mieux que les gymnosophistes ?

L'ENCHANTEUR

Ô puceau philosophe, abstiens-toi de fèves, proclame tes métempsycoses, sois vêtu de blanc, mais ne doute pas de la mort, en Occident. On conserve et on vénère ton tombeau, tu le sais, à Linde, dans l'île de Rhodes. Tu n'as pas assez voyagé.

ISAAC LAQUÉDEM

Ai-je assez voyagé, depuis Jérusalem ?

L'ENCHANTEUR

Ô riche voyageur, je suis incirconcis et baptisé, et pourtant j'ai été à Jérusalem, mais par d'autres chemins que le chemin de la croix, et j'ai été à Rome par d'autres chemins que tous ceux qui y mènent. Tu as beau savoir sans pouvoir enseigner, tu as beau voir sans pouvoir indiquer…

ISAAC LAQUÉDEM

Adieu !

L'ENCHANTEUR

Hâte-toi ! Je savais tout ce qui me ressemble.

SIMON LE MAGICIEN

Connais-tu les ailes ?

L'ENCHANTEUR

Il y a peu de jours, les êtres ailés sont morts les premiers dans la forêt.

SIMON LE MAGICIEN

À cause de leurs ailes ?

L'ENCHANTEUR

Peut-être.

SIMON LE MAGICIEN

À quoi te sert-il d'être mort si tu ne peux rien répondre de précis ? Je te ferai un beau présent, mais dis-moi la vérité puisque tu savais tout.

L'ENCHANTEUR

Tout ce qui me ressemble. As-tu l'intention de m'offrir du pain ?

SIMON LE MAGICIEN

Du pain ! Mais de quel pain as-tu envie ? De pain sans levain ?

L'ENCHANTEUR

De pain pétri, de bon pain ! Veux-tu m'en donner ?

SIMON LE MAGICIEN

Demande-moi plutôt un miracle.

L'ENCHANTEUR

Tes miracles sont inutiles.

SIMON LE MAGICIEN

Les ailes seraient-elles inutiles ?

EMPÉDOCLE

Parle du suicide, toi qui es vivant dans ta tombe.

L'ENCHANTEUR

Quand le fruit est mûr, il se détache et n'attend pas que le jardinier vienne le cueillir. Qu'ainsi fasse l'homme, le fruit qui mûrit librement sur l'arbre de la lumière. Mais, vous qui ne mourûtes pas, qui êtes six dans la forêt, comme les doigts de la main, et un poignard dans la main, que ne vous serrez-vous, que ne vous repliez-vous ? Ô doigts qui pourriez fouiller ; ô poing qui pourrait poignarder ; ô main qui pourrait battre, qui pourrait

indiquer, qui pourrait gratter la pourriture.

Antédiluvien !

Hermaphrodite ! Juif errant ! Volcanique ! Magicien !
Puceau !

Vous n'êtes pas morts, vous êtes six comme les doigts de

la main et un poignard dans la main, que n'agissez-vous comme la main qui poignarde ? Hélas ! Il y a

trop longtemps que vous n'êtes pas immortels.

APOLLONIUS DE TYANE

Le silence rend immortel.

L'ENCHANTEUR

Tais-toi, silencieux !

Apollinaire - L'enchanteur pourrissant, p74

Bandeaux, lettrines et illustrations de L'enchanteur pourrissant.

Bandeaux, lettrines et illustrations de L'enchanteur pourrissant.

E jour là, les oiseaux chantaient et la dame du lac s'ennuyait assise sur la tombe tiède et chargée de présents. Une libellule volait dans la clairière, et, comme elle revenait toujours auprès de la tombe, la dame du lac s'amusa à suivre des yeux son vol. La libellule entraînait sa chrysalide vide et la dame du lac reconnut bientôt cette libellule.

LA DAME DU LAC

Demoiselle, qui viens récréer ma solitude, est-ce bien à cause de toi qu'à de certains jours mêlés de pluie et de soleil, on dit que le diable bat sa femme ? Le diable aurait-il donc des préjugés lui aussi et sa femme n'a-t-elle aucun scrupule ? Ô libellule, ton amour, tout ton amour ne doit pas peser en tout un scrupule et pourtant vous vous aimez demoiselle et diablesse. Le diable lui-même se rapetisse tant à de certains jours qu'il ne pèse plus en tout un scrupule, comme ton amour de libellule ; et il te chevauche ce petit diable à de certains jours. Moi, qui ne suis pas une diablesse, qui ne suis pas même une enchanteresse, mais une incantation, j'ai repoussé tout amour d'homme, moi aussi, comme toi et la diablesse, et j'ai trompé l'amour de l'enchanteur. Je suis comme toi et la diablesse ; je trouve que le diable, l'enchanteur et tous les hommes sont trop vieux. Aucun homme ne peut nous aimer parce que toutes nous sommes d'un autre âge, trop ancien ou même à venir. Les hommes nous prennent toutes pour des fantômes ; que fait-on avec les fantômes ? On leur demande des prédictions, on en a peur, puis après quelque temps on essaye de les saisir. Hélas ! comment saisir le fantôme. Seraient-ils six hommes, ils ne saisiraient pas le fantôme. C'est pour cela, pour ce manque de tact que nous sommes sans amour, sans amitié. Ce qui nous lasse, c'est d'être regardées comme des fantômes, bons tout au plus à prédire. L'accouchement c'est notre meilleure prédiction, la plus exacte et la plus nôtre. Les hommes le savent. Le véritable tort du diable, de l'enchanteur et de tous les hommes, c'est de nous croire des fantômes, c'est de nous traiter en fantômes, nous qui ne sommes qu'éloignées, mais éloignées en avant et en arrière, si bien que l'homme est au centre de notre éloignement ; nous l'entourons comme un cercle. On ne saisit pas le printemps, on vit en lui, au centre de son éloignement et l'on n'appelle pas le bon printemps fleuri, un fantôme. L'homme devrait vivre en nous comme dans le printemps. Il n'a pas toujours le printemps, mais il nous a toujours : une incantation, la diablesse ou la libellule. Au lieu de cette bonne vie au centre de notre éloignement, il préfère chercher à nous saisir afin que l'on s'entr'aime.

L'ENCHANTEUR

Les femmes ne connaissent pas l'amour, et l'homme, l'homme ne peut-il aimer cet amour incarné dans la femme ? Personne n'a pris l'habitude d'aimer. Les femmes souhaitent l'amour ; et les hommes, les hommes, que désirent-ils ?

L'enchanteur avait à la disposition de sa voix les mirages laissés par Morgane. Il voulut en évoquer deux à la fois et cria par trois reprises : « Les deux plus savants en amour parmi les sages ! »

Et la voix de l'enchanteur suscita les mirages de Salomon et de Socrate. Il leur dit : « Que préférez-vous ? »

SALOMON

Rien ne vaut le … d'une boiteuse.

SOCRATE

Rien ne vaut le … d'un teigneux.

Les mirages se dissipèrent. La dame du lac, qui n'avait pas entendu la voix de l'enchanteur, remarqua les mirages et entendit les voix lointaines. La libellule s'en était allée, la dame du lac lui attribua les apparitions sotadiques.

LA DAME DU LAC

Elle a réussi, la libellule. Que les filles soient boiteuses et les garçons teigneux ! Les pères de famille estropieront leurs filles, et cultiveront les têtes vénimeuses des enfants mâles. Mais, des filles vivent encore sans boiter. Elles se vengeront peut-être. Non ! quelles ne se vengent pas, car elles sont pudiques. Ne pas se venger, c'est se taire. Qu'elles se taisent les pudiques, car être pudique, c'est se taire comme le protomartyr Étienne qui ne comptait pas les pierres de sa lapidation.

Levant les yeux, la dame du lac vit au-dessus d'elle, quatre mouches qui dansaient.

LA DAME DU LAC

Les mouches me ressemblent, les danseuses. Mais elles ne sont pas solitaires, ces mouches qui ballent en l'air, quand le printemps défleurit pour finir. Elles viennent quatre, quelquefois cinq, ces mouches, pour baller. Elles se placent en rectangle, une mouche à chaque angle, et la cinquième, s'il y a lieu, au milieu. Et elles ballent alors, pendant des heures, se rapprochant l'une de l'autre et se fuyant deux par deux, diagonalement.

Apollinaire - L'enchanteur pourrissant, p79

Elles dansent longtemps, légèrement et voluptueusement. Et puis, enfin lasses, les mouches volent vers les putréfactions. Après le vol de la libellule amoureuse, c'est la danse des mouches. Les mouches sont aussi infernales que la demoiselle. Après leur danse, elles veulent des mets putréfiés et désirent la mort de tout ce qui se putréfiera. La danse des mouches est une danse funèbre pour toute mort et pour la leur aussi, car l'araignée ourdit sa toile entre le tronc et la branche, et un rayon joue sur les fils déjà tissés, et le vent fait peut-être vibrer agréablement les fils déjà tissés.

Circé a passé dans la forêt. Il n'y a plus d'homme sur terre à cause du pouvoir de l'enchanteresse. Chaque homme est aujourd'hui à la fois un troupeau de pourceaux et son gardien. Le gardien montre le ciel aux pourceaux qui reniflent et grognent vers la terre. Le gardien les force à coups d'aiguillon à soulever leurs groins et ils reniflent vers le ciel, les pourceaux gourmands. Il y a une auge au ciel : ce grand soleil tout plein de perdition. Pourceaux et gardien marchent sur le ciel, le dos tourné à la terre. La nuit s'en vient, il ne reste plus qu'une lune vide. Les pourceaux grognent vers leur terre qui est maintenant une planète au fond de leur nouveau ciel. Le gardien a dit au troupeau en l'aiguillonnant : « Pour voir la terre, il faut être au ciel. » Hélas ! ceux dont le sol est le ciel, comment verraient-ils la terre en lui tournant le dos ?

L'ENCHANTEUR

Dame que j'aimais, pour qui donnes-tu tes symboles dans la forêt, où seul je t'entends ? Tu parles de l'homme, tu parles de ce troupeau mal gardé qui s'en va vers le soleil. Que dirai-je de la femme, ce printemps inutile pour la troupe de pourceaux et son gardien, puisque le sol n'est pas jonché de glands sous les chênes au printemps ?

LA DAME DU LAC

Ô joie ! Je t'entends encore, mon amant, qui savais tout ce que je sais.

L'ENCHANTEUR

Toi que j'aimais, ne parle pas en vain. La femme et l'homme ne se ressemblent pas et leurs enfants leur ressemblent.

Mais nous nous ressemblons, parce que je t'ai tout appris, tout ce qui me ressemble. Nous nous ressemblons et n'avons pas d'enfants qui nous ressemblent. Ô toi que j'aimais, tu me ressembles.

Nous nous ressemblons, mais l'homme et la femme ne se ressemblent pas. Lui, c'est un troupeau avec son berger, c'est un champ avec son moissonneur, c'est un monde avec son créateur. Elle, c'est le printemps inutile, l'océan jamais calme, le sang répandu. Ô toi que j'aimais, toi qui me ressembles, tu ressembles aussi à toutes les autres femmes.

La dame assise sur la tombe tiède de l'enchanteur songeait au printemps qui défleurissait pour finir.

L'ENCHANTEUR

Toi que j'aimais, je sais tout ce qui me ressemble et tu me ressembles ; mais tout ce qui te ressemble ne me ressemble pas. Ô toi que j'aimais, te souviens-tu de notre amour ? Car tu m'aimais ! Te souviens-tu de nos tendresses qui étaient l'été pendant l'hiver. Te rappelles-tu ? Je pleurais à tes genoux, d'amour et de tout savoir, même ma mort, qu'à cause de toi je chérissais, à cause de toi qui n'en pouvais rien savoir. Au temps de ma vie pour notre amour je pensais à toi, même pendant les plus terribles crises d'épilepsie. Ô toi que j'aimais et pour qui les vers, depuis ma naissance, ô temps de la moelle fœtale, patientèrent, dis-moi la vérité...

À cet instant qui était celui où, défleuri, le printemps finissait, la dame du lac pâlit, se dressa, souleva avec une hâte audacieuse sa robe immaculée et s'éloigna de la tombe ; mais la voix de l'enchanteur s'éleva plus forte en une question désespérée d'amour survivant au trépas, une question qui voulait tant une réponse que la dame, à quelques pas du tombeau hésita tandis que coulaient le long de ses jambes les larmes rouges de la perdition.

Bandeaux, lettrines et illustrations de L'enchanteur pourrissant.

Mais, soudain, la dame du lac s'élança, et, laissant derrière elle une traînée de

sang, courut longtemps, sans se retourner. Des pétales feuillolaient, détachés

des arbres aux feuillards défleuris en l'attente de fructifier. La dame ne

s'arrêta qu'au bord de son lac. Elle descendit lentement la pente

que surbaigne l'onde silencieuse, et s'enfonçant sous les

flots danseurs, gagna son beau palais

dormant, plein de lueurs de

gemmes, au fond

du lac.

Bandeaux, lettrines et illustrations de L'enchanteur pourrissant.

ONEIROCRITIQUE

Apollinaire - L'enchanteur pourrissant, p85

Les charbons du ciel étaient si proches que je craignais leur ardeur. Ils étaient sur le point de me brûler. Mais j'avais la conscience des éternités différentes de l'homme et de la femme. Deux animaux dissemblables s'accouplaient et les rosiers provignaient des treilles qu'alourdissaient des grappes de lune. De la gorge du singe, il sortit des flammes qui fleurdelisèrent le monde. Dans les myrtaies, une hermine blanchissait. Nous lui demandâmes la raison du faux hiver. J'avalai des troupeaux basanés. Orkenise parut à l'horizon. Nous nous dirigeâmes vers cette ville en regrettant les vallons, où les pommiers chantaient, sifflaient et rugissaient. Mais le chant des champs labourés était merveilleux :

> Par les portes d'Orkenise
> Veut entrer un charretier.
> Par les portes d'Orkenise
> Veut sortir un va-nu-pieds.

Et les gardes de la ville
Courant sus au va-nu-pieds :
« Qu'emportes-tu de la ville ? »
« J'y laisse mon cœur entier. »

Et les gardes de la ville
Courant sus au charretier
« Qu'apportes-tu dans la ville ? »
« Mon cœur pour me marier. »

Que de cœurs dans Orkenise !
Les gardes riaient, riaient.
Va-nu-pieds la route est grise.
L'amour grise, ô charretier.

Les beaux gardes de la ville,
Tricotaient superbement ;
Puis, les portes de la ville.
Se fermèrent lentement.

Mais j'avais la conscience des éternités différentes de l'homme et de la femme. Le ciel allaitait ses pards. J'aperçus alors sur ma main des taches cramoisies. Vers le matin, des pirates emmenèrent neuf vaisseaux ancrés dans le port. Les monarques s'égayaient. Et, les femmes ne voulaient pleurer aucun mort. Elles préfèrent les vieux rois, plus forts en amour que les vieux chiens. Un sacrificateur désira être immolé au lieu de la victime. On lui ouvrit le ventre. J'y vis quatre I, quatre O, quatre D. On nous servit de la viande fraîche et je grandis subitement après en avoir mangé. Des singes pareils à leurs arbres violaient d'anciens tombeaux. J'appelai une de ces bêtes sur qui poussaient des feuilles de laurier. Elle m'apporta une tête faite d'une seule perle. Je la pris dans mes bras et l'interrogeai après l'avoir menacée de la rejeter dans la mer si elle ne me répondait pas. Cette perle était ignorante et la mer l'engloutit.

Mais, j'avais la conscience des éternités différentes de l'homme et de la femme. Deux animaux dissemblables s'aimaient. Cependant les rois seuls ne mouraient point de ce rire et vingt tailleurs aveugles vinrent dans le but de tailler et de coudre un voile destiné à couvrir la sardoine. Je les dirigeai moi-même, à reculons. Vers le soir, les arbres s'envolèrent, les singes devinrent immobiles et je me vis au centuple. La troupe que j'étais s'assit au bord de la mer. De grands vaisseaux d'or passaient à l'horizon. Et quand la nuit fut complète, cent flammes vinrent à ma rencontre. Je procréai cent enfants mâles dont les nourrices furent la lune et la colline. Ils aimèrent les rois désossés que l'on agitait sur les balcons. Arrivé au bord d'un fleuve, je le pris à deux mains et le brandis. Cette épée me désaltéra. Et la source languissante m'avertit que si j'arrêtais le soleil je le verrais carré, en réalité. Centuplé, je nageai vers un archipel. Cent matelots m'accueillirent et m'ayant mené dans un palais, ils m'y tuèrent quatre-vingt-dix-neuf fois. J'éclatai de rire à ce moment et dansai tandis qu'ils pleuraient. Je dansai à quatre pattes. Les matelots n'osaient plus bouger, car j'avais l'aspect effrayant du lion…

À quatre pattes, à quatre pattes.

Mes bras, mes jambes se ressemblaient et mes yeux multipliés me couronnaient attentivement. Je me relevai ensuite pour danser comme les mains et les feuilles.

J'étais ganté. Les insulaires m'emmenèrent dans leurs vergers pour que je cueillisse des fruits semblables à des femmes. Et l'île, à la dérive, alla combler un golfe où du sable aussitôt poussèrent des arbres rouges. Une bête molle couverte de plumes blanches chantait ineffablement et tout un peuple l'admirait sans se lasser. Je retrouvai sur le sol la tête faite d'une seule perle et qui pleurait. Je brandis le fleuve et la foule se dispersa. Des vieillards mangeaient l'ache et immortels ne souffraient pas plus que les morts. Je me sentis libre, libre comme une fleur en sa saison. Le soleil n'est pas plus libre qu'un fruit mûr.

Bandeaux, lettrines et illustrations de L'enchanteur pourrissant.

Un troupeau d'arbres broutait les étoiles invisibles et l'aurore donnait la main à la tempête. Dans les myrtaies, on subissait l'influence de l'ombre. Tout un peuple entassé dans un pressoir saignait en chantant. Des hommes naquirent de la liqueur qui coulait du pressoir. Ils brandissaient d'autres fleuves qui s'entrechoquaient avec un bruit argentin. Les ombres sortirent des myrtaies et s'en allèrent dans les jardinets qu'arrosait un sourgeon d'yeux d'hommes et de bêtes. Le plus beau des hommes me prit à la gorge, mais je parvins à le terrasser. À genoux, il me montra les dents. Je les touchait ; il en sortit des sons qui se changèrent en serpents de la couleur des châtaignes et leur langue s'appelait Sainte-Fabeau. Ils déterrèrent une racine transparente et en mangèrent. Elle était de la grosseur d'une rave. Et mon fleuve au repos les surbaigna sans les noyer. Le ciel était plein de fèces et d'oignons. Je maudissais les astres indignes dont la clarté coulait sur la terre. Nulle créature vivante n'apparaissait plus. Mais des chants s'élevaient de toutes parts. Je visitai des villes vides et des chaumières abandonnées. Je ramassai les couronnes de tous les rois et en fis le ministre immobile du monde loquace. Des vaisseaux d'or, sans matelots, passaient à l'horizon. Des ombres gigantesques se profilaient sur les voiles lointaines. Plusieurs siècles me séparaient de ces ombres. Je me désespérai.
 Mais, j'avais la conscience des éternités différentes de l'homme et de la femme. Des ombres dissemblables assombrissaient de leur amour l'écarlate
des voilures, tandis que mes yeux se
multipliaient dans les fleuves,

dans les villes et dans la
neige des montagnes.

Bandeaux, lettrines et illustrations de L'enchanteur pourrissant.

Bandeaux, lettrines et illustrations de L'enchanteur pourrissant.

'ENCHANTEUR POURRISSANT a été écrit en MDCCCXCVIII, par Guillaume Apollinaire, qui l'acheva en MCMIX, tandis qu'André Derain gravait les bois qui illustrent ce livre, achevé d'imprimer par Paul Birault, à Paris, 60, rue de Douai, pour Henry Kahnweiler, le 27 novembre MCMIX, et tiré à cent exemplaires, numérotés à la presse, soit : vingt-cinq sur papier ancien du Japon, des Manufactures de Shidzuoka, numérotés de 1 à 25, et soixante-quinze sur papier vergé fort à la forme des Papeteries d'Arches, numérotés de 26 à 100, auxquels s'ajoutent quatre copies de chapelle numérotées de I à IV et deux exemplaires destinés au dépôt légal, tirés sur les planches préalablement rayées au burin, et chiffrés 0 et 00.

EXEMPLAIRE PORTANT LE NUMÉRO

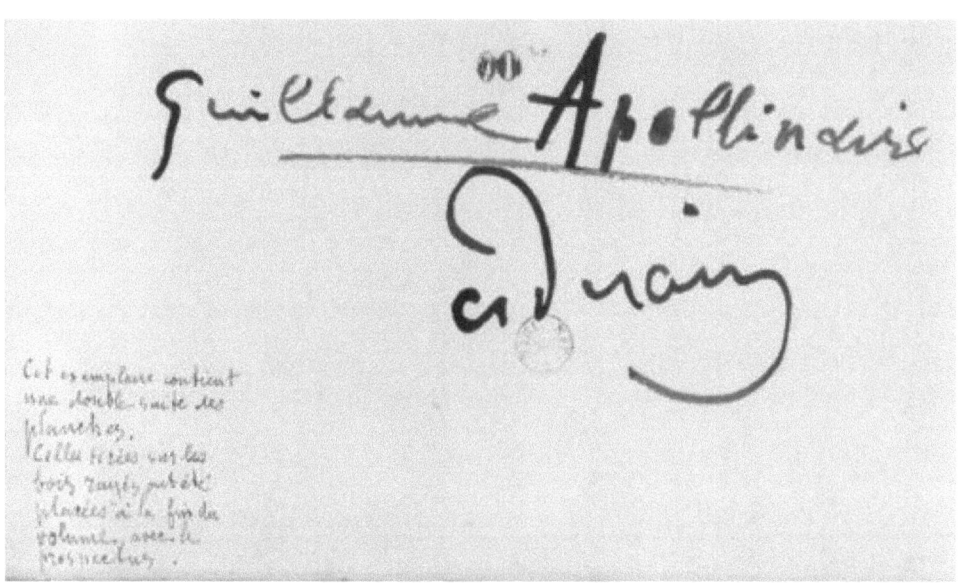

Bandeaux, lettrines et illustrations de L'enchanteur pourrissant.